휴전선 철조망

전 재 승 시집

문학사계

분단 조국으로 인해 삶을 희생하고 상처 받은
모든 분들께 이 시집을 바칩니다.

— 저 자

차 례

제2부 **묘비명, 혹은 날아간 꿈에 관한 명상**

제1부
친구는 멀리 있어도

봄비는 조금 빠르게

봄비는
슬픈 듯이 조금 빠르게 내리고
나는 그 빗속에 서서
너를 생각한다.

철모 끝으로
추적추적 떨어지는
빗소리의 평균율에 촉촉이 젖으며
흥건히 괴어드는 슬픔 같은 빗물.

총을 든 채로 서서
비에 젖으며
슬그머니 지나간 사랑을 두고
그냥 아름답다고 할 것인가
아니면 슬프다고 할 것인가.

봄비는
슬픈 듯이 조금 빠르게 내리고
나는 비를 맞으며
너에게 젖는다.

빨래를 지키며

휴일 하루를
세탁물 건조대 곁에 자리를 잡고 앉아
가져다주는 점심을 먹으면서
빨래를 감시한다.

세탁비누로 치댄 우리들의 카키색
흙탕물이 줄줄 흐르던 전투복에서
러닝셔츠, 양말 따위나 팬티에서
물방울은 증발하고, 비누 냄새는 바람에 날려
화창한 휴일 햇살 아래
하얗게 표백되어 가던 그리움 같은 자유.

바람에 빨래가 휘날릴 때마다
푸른 하늘은 배경으로 멀리 저쪽에서
이쪽으로 문득문득 빠르게 움직이는
솜털구름 같던 자유.

휴일 하루를
세탁물 건조대 곁에 앉아

빨랫줄에 널린 채 펄럭이는 빨래를 감시하며
내가 묶인다.

어머니의 편지

군대 와서
난생 처음으로
어머니의 편지를 받았다.

어머니의
편지 이랑은
어릴 적 더듬던 젖가슴이었다.

자식을 멀리 군대에 보내고
매일같이 대문을 잠그지 않은 채
우체부 오기만을 기다린다면서
집 걱정 말고 몸 성히 잘 있으라는 말.

자식이 좋아하는 반찬을 만들어 놓고
아들 얼굴이 떠올라
잘 넘기지를 못한다면서

아무거나 주는 대로 잘 먹고
몸 성히 지내다가 제대하라는

어머니의 편지 이랑에서
다시 유년의 젖무덤을 찾는다.

눈을 치우며

공평하게 연병장을 뒤덮고 있는 눈
밤새도록 쌓인 눈을 치우기 위해
지난 가을부터 월동 준비하며 만들어 놓았던
싸리비와 눈가래를 들고서
기상 점호가 끝나자마자 눈을 치웠다.

키 큰 싸리비와 눈가래로도 감당하지 못하는
연병장을 평등하게 덮고 있는 눈을 치우며
헉헉거리며 하얀 입김을 내뿜으면서도
우리는 구멍 난 판초 우의에 눈덩이를 담아
연병장 옆 도랑에 갖다 버렸다.

치워도 치워도 눈은 공평하게 내리고
막사 뒤쪽에서 분탄을 개는 페치카 당번이
검댕 묻은 얼굴로 이따금씩 막사 주위를 서성거렸다.

치워도 치워도 눈은 쌓이고
올 겨울도 눈 꽤나 쓸겠다며
저마다 한 마디씩 투덜거리면서도
취침 점호를 마치고 잠자리에 누워

밤마다 제 가슴에 쌓여만 가는 눈더미는
치우지도 못한 채 잠이 든다.

입영전야入營前夜

술잔이 몇 순배 돌고
뿌연 담배 연기가 자욱했다.

몸 건강히 잘 다녀오라는
손길과 손길들을 마주 잡아 보며
이젠 추억 속으로 사라질
얼굴과 시간들에게도 악수를 한다.

이제 내일이면
내 청춘靑春도 조국의 호명을 받아 가는데
건배, 건배 !

삼촌도 그랬을까
"자, 우리의 젊음을 위하여
잔을 들어라—"
고뇌 가득찬 노랫가락 속에
그녀를 보내기 싫었다

이제 군인이 되는데
춥고 배고픈 훈련병이 되는데

‘나두야 간다’
청춘을 저당 잡힌 채
상처투성이의 조국을 위해…….

플랫폼에서

전방을 향해 달리는 군용열차는
어둠 속에 쇳소리를 내뿜으며 미끄러진다.

훈련소 중대장과 조교들의 배웅을 받으며
우리들을 기다리고 있을 또 하나의 세계를 향해.

우리는 군대생활이 다 끝난 것처럼
서로 헤어짐을 굳은 입술로 작별하며
이따금씩 창밖을 향해 손을 흔들어댔다.

언제 다시 이 플랫폼을 밟아 볼 것인가
그때가 되면
상기된 이 얼굴들과 다시 마주할 수 있을 것인가.

몸 성히 살아 있기만 해 다오
손을 맞잡아 악수를 나누고
서로 어깨를 두드리는 사이

어느덧 군용열차는
어둠을 삼키고 가쁜 숨을 몰아쉬며
까만 점으로 사라진다.

더덕 지뢰

싸릿대 꺾다가
홀로 자줏빛 향기에 취해
돌 틈새 이리저리 뒤지고 다니더니
그만 똥을 밟았네.

초롱꽃 서러운 신골짝
같이 더덕구이 해 먹자더니
향긋하고 쌉소름한
더덕 잎사귀……
차마 눈 뜨고선 볼 수 없는 똥을 밟았네.

여기저기 흩어진 더덕 몇 뿌리
저녁 식탁을 기다리는데

그는 내려오지를 않네
내려오지를 않네
나뭇가지에 살점이 걸려
내려오지를 못하네.

청개구리

그때, 나는 문득 청개구리처럼 외로워졌다.
내무반 뒤켠 풀숲에 사는 어린 청개구리가
장맛비를 피해 넝쿨나무 이파리에 움츠리고 앉아
연신 허연 배를 씰룩거리면서
겁먹은 표정으로 나를 바라보고 있었다.

그때, 나는 그 청개구리보다 더 외로웠는지 모른다
주룩주룩 장대비 오는 창밖을 내다보며
갑자기 어머니 생각이 나자,
나는 문득
고향집 동네 어귀를 비에 젖으며 쏘다니던
철없던 어린 시절을 떠올리고선
눈알만 끔뻑이던 청개구리처럼
갑자기 눈시울이 뜨거워졌다.

어떤 강연

귀순 간첩의 강연을 들으면서
조국의 목소리를 들었다.

하나의 뿌리에
목소리는 두 줄기, 그리고
오천만 개의 귀, 귀, 잎사귀……

자유를 찾아서 감격에 벅찬 그가
밝은 얼굴로 웃으면 웃을수록
다른 하나의 목소리는
그늘진 음지에서 울먹이고 있었다.

두 세계를 살아 보지 못한 우리들이
쉽게 그를 환영할 수 있었던 것처럼
둘로 갈라진 줄기의 죄과를
모두들 쉽게 용서하고 있었다.

하나의 뿌리에
목소리는 두 줄기, 그리고
오천만 개의 귀, 귀, 잎사귀……

지금도 기억나는 건
귀순 용사의 강연을 들으면서
한 입에 욕을 먹는
조국의 목소리를 들었던 일이다.

친구는 멀리 있어도

정수라가 부른 <아, 대한민국> 노랫말처럼
"하늘엔 조각구름 떠 있고, 강물엔 유람선이 떠 있고—
저마다 누려야 할 행복이 언제나 자유로운 곳—"
공화국의 이곳저곳 과연 그랬을까
성조기 내걸린 미국문화원 창문 밖으로
상반신을 내놓고 '광주사태' 사과하라며
뿔테 안경 쓰고 단식농성 하던 운경의 모습
파랑 깃발 자랑스럽게 펄럭이던 집권당
민정당 중앙연수원 옥상을 점거한 채
군부독재 타도! 파쇼헌법 철폐! 외치며
진압 경찰병력과 앞장서 맞섰던 의겸……
군복 단추를 잠그면서 본 TV 아침 뉴스
주동자로 체포되어 끌려나오며
경찰 호송차에 실려 어디론가 향하던
잔뜩 결기 오른 너희 얼굴들이 떠올라
마음 한구석이 오랫동안 먹먹했다
'삼천 리 강산 두루 비치일 찬란한 그 등대' 꿈꾸며
멀리 비단강 하구가 내려다보이는
조촌동 장군봉 아래 모여들었던 동무들

이제는 새털구름처럼 다들 흩어져 있고
더러는 한 평 밖에 안 되는 감방 안에서
콩밥 먹으며 징역살이로 세월 죽인다.

전우의 수첩

그 수첩 속에는
그리운 얼굴이 있다네.

고단한 잠결에 찾아 와
꿈속에 아롱지는 얼굴이 있다네.

그 수첩 속에는
부르고픈 이름이 있다네.

멀리 떠나 온 고향
편지 한 장 띄워 놓고
혼자서 불러 보는 이름이 있다네.

그 수첩 속에는
외로운 낙서가 있다네.

총기를 냄새나는 손으로
사춘思春의 바람 날개를 펼치는
낙서가 있다네.

창녀와 무정부주의

우리에게 있어서 그녀는
애인 같았다
누이 같았다
어머니 같았다
아니, 성녀聖女 같았다.

우리들의 피 끓는 정열과 값싼 청춘을
짐짓 이해해 주는 척 하기도 하고
질겅질겅 껌을 씹으며
욕지거리도 연신 잘 해댔다.

하지만 만질 수 있는 여자는
꽃보다 소중한 사람.

그녀의 젖가슴을
화약 냄새나는 손길로
서툴게 더듬으면서
모처럼 우리는 무정부주의자가 되었다.

군수과 상진이

휴일 날
대대 군수과 창고 뒤편에서
망연자실 먼 산만 바라보고 있던 상진이

고향집 누이동생에게서 온 편지엔
할머니의 부음이 실려 있었다.

지지리도 부모 복이 없어
할머니 손에서 자라나다시피 한 그에게
할머니는 큰 빽이었다. 그늘이었다.

장사葬事는 며칠 전에 치렀고
이제 그에게 할머니는 없다.

평소에도 묻는 말 외엔
유난히 말수가 적었던 상진이
이제 그에겐 말도 없다.
저 세상으로 떠나 간 할머니처럼.

월남에서 돌아온 김상사

몇 달치 월급을 미리 받아 가지고
머나먼 정글로 떠나기 전
휴가 받아 집에 다녀가면서도
방바닥에 돈만 삐죽 내 놓은 채
차마 월남 간다는 말은 못했다.

죽기 아니면 까무러치기라고 생각하며
부산항으로 가는 군용열차에 목숨을 싣고
밤새도록 달려서 새벽녘 샛별 반짝이는
경산慶山 하양 그의 고향 부근을 지날 때
이 땅 다시 밟을 날만 고대했다.

뱃고동을 울리며
부산항을 떠나 베트남으로 향하는 군함에서
호주미니 속 달러로 바꾼 지폐를
아무 생각 없이
동지나해 푸른 물결에 흩뿌리고 싶었다.

미제 레이션 깡통으로 배를 채우면서
목젖이 타도록 김치가 먹고 싶었고

전투에서 베트콩을 사살한 날 밤엔
악몽으로 잠을 이루지 못했다.

남국南國의 껑충한 파초 이파리 아래서
어정쩡한 모습으로 폼을 재고
흑백 사진도 몇 장 찍었다.
이따금씩 수첩 속에서 자랑처럼 꺼내 보이는
이국 만 리 월남 땅에서 찍은 흑백 사진은
갓 스물을 넘어 선 청년의 얼굴로
오래도록 수첩 속에서 잠자고 있다.

죽은 자는 한 줌 뼈가 되어 돌아오고
살아남은 자는 지친 영혼을 끌며 돌아오는
먼 남국의 전쟁에서
<싸웠노라! 이겼노라! 돌아왔노라!>를 외치며
새까만 얼굴로 개선하는 용사들 속에
그도 그 틈에 섞여서 돌아왔다
몰래 따라 온 고엽제 후유증과 함께.

제2부

묘비명, 혹은 날아간 꿈에 관한 명상

초병哨兵

고향故鄕이 그립다

어머니가 그립다

두고 온 여인女人이 그립다.

기다림의 그리움

먼 곳의 소식을 기다린다는 것은
무엇보다도 가슴 설레는 일이다.

취침 시간에 남 몰래 일어나
손전등 비추며 써 내려간 사연들을
유년 시절 종이배처럼 띄워 놓고

그 날부터
잠잘 때나, 깨어있을 때나
밥 먹을 때나, 쉬면서 담배를 피울 때나
화장실에 가서 볼일을 볼 때도
가슴 설레는 그 까마득한 안타까움.

기다림은 물이 되어 흐르다가
불이 되어 활활 타오르기도 하고
바람결에 실려 오는 그리움에
포플러 이파리가 되어 막 흔들리기도 하면서

다시 썩어서 흙이 되고
끝끝내 기다리는 돌이 되어도
먼 곳의 소식을 기다린다는 것은
말 못하는 벙어리처럼
미치게도 가슴 설레는 일이었다.

고향 예배

기상나팔 소리에 투덜대며 일어나
일조점호 집합이 끝나면
언제나처럼 인원 점검으로부터
하루의 일과는 시작되고
아직 잠에서 덜 깬 목소리로
우리는 애국가를 부른다. 그러고 나서
군인의 길을 일사천리로 외우고 나면
노란 완장을 찬 일직사관은 늘 입버릇처럼
하나를 하더라도 좀 또박또박하고
절도 있게 끊어서 해 보라고 잔소릴한다
하루에 한 명씩 순서대로 돌아가면서
조국기도문 낭독이 끝나면
각자 고향을 향하여 좌우향 좌—
고향 쪽을 향해 대강 돌아서서 고개를 숙이고
잠시 묵념을 한다. 여유를 잡으면서
집에는 별 일 없을까
형은 마땅한 일자리라도 구했는지
부모님은 건강하실까
에잇— 무소식이 희소식이겠지
아침부터 쓸데없이 집 생각은…….

군화 닦기

저녁 식사를 마치고
점호를 준비하면서
돼지 족발처럼 생긴 군화를 닦는다.

우리는 다음과 같은 수칙으로
군화를 닦는다.

첫째, 애인의 젖가슴을 애무하듯이
둘째, 파리가 미끄러져 낙상할 때까지
셋째, 여자의 치마 속이 환하게 비치도록
넷째, 먼지가 앉으려다 미안해서 날아가게끔
다섯째, 제대해서 직업 없으면 구두로 밥 먹고 살도록

침을 퉤퉤 뱉어 가면시
정성껏 입김을 불며 흑진주를 만든다.

막걸리 회식

오늘은 중대 회식 날
녹슨 반합 뚜껑에 막걸리를 부어 놓고
모두들 '위하여—'를 외친다.

처음엔
대한민국의 무궁한 발전을 위해서라고 했다가
나중엔 자기의 애인을 위해서라고 하면서
한 달에 한 번씩 벌어지는 막걸리 회식.

전에는 입에 맞지 않던 막걸리도
술술 넘어 가고
어릴 적 먹던 새우깡 맛은
유난히도 고소하다.

여기저기 반합에 술이 넘치고
몇 사람은
벌써 얼굴이 홍당무처럼 달아오르는데
마지막 남은 잔은
무엇을 위해 건배할 것인가.

남과 북
아니, 공평하게 순서를 바꿔서
북과 남
그도 아니면 반합 뚜껑에 차오르는
막걸리의 평화를 위하여.

동백꽃 같은

부대 앞 삼거리 색싯집 그 여자
짙은 초승달 눈썹이 육감적인 여자
한 때는 자기도 요조숙녀였다며
거드름을 피우면서 고운 이빨로 웃던 여자
상다리를 두들기며 구성지게 목청을 뽑다가는
자기에게도 사랑하는 남자가 있다면서
두터운 입술로 머뭇거리던 여자
길 잘못 든 여자,
뒤마 피스 소설 '춘희春姬'의 주인공 같은 여자
자기 배 위로
연대 병력은 더 지나 갔을 거라고 우쭐거리면서
꽃으로 남자를 사줄 줄 알던 여자
그러던 어느 날 밤엔
느닷없이
동백꽃 같은 울음을 터뜨리던 여자.

계급장

×사단 ○○연대 P.X에선
계급장을 팔고 있었다
빡빡 머리 깎고 잔뜩 겁먹은 채
신병 훈련 겨우 마친 이등병에서부터
일등병, 상병 그리고
오성 장군의 하나인 병장도
갈매기 하사, 중사, 상사도
별과 함께 사는 주임상사 계급장
5만 촉광의 빛을 발한다는 소위 계급장
우리가 제일 무서워하는 중대장 대위 계급장
보기만 해도 가슴이 콩알만 해지는
대대장의 말똥 계급장
제대할 때까지 몇 번 볼까 말까한 연대장 계급장도
면세품으로
단돈 몇 푼이면 살 수 있었다.

팔리는 것들

서점에선
부패한 공화국의
두엄자리 파헤친 잡지들만
불티나게 팔려 나가고

술집에선
밤마다 옆집 누이들의
지조 없는 헤픈 웃음이
불쌍한 꽃잎처럼 팔려 나가고

증권 회사에선
논 팔고 소 팔고
집 저당 잡혀 대출 받은 돈들이
IMF로 쓴맛 본 문어발 기업들의 주둥이에
하루아침에 빨려 들어가고

휴전선에선
사춘의 바람을 잠재운 채
조국의 자유와 평화를 담보로

젊은 청춘들이
도매금으로 팔리고 있다.

유류고 석축 작업

진달래 철쭉 흐드러지게 피어나고
산머루 다래 지천으로 널려 있는 곳.

초동이 꼴 베고
처녀가 샘물 긷던 산골짝이
하루아침에
살벌한 전쟁터가 되고, 최전선이 되고

그때
하늘이라곤 시골학교 운동장만큼 밖에
보이질 않는 첩첩산중에서
소대용 천막을 치고 먹고 자며
우린 날이면 날마다
고참의 욕설로 화강석을 깨고 다듬어
연대본부 유류고 석축 작업을 한다.

일요일 하루

찐 라면으로 시작하는 일요일 하루
한 시간이나 늦게 시작되는 일과와
한 시간이나 잠을 더 잤다는 포만감
후줄근하지만 편한 체육복 차림으로 받는
일조점호 때문은 아니지만
일요일 아침 햇살은 유난히 맑고 투명했다
팔에 완장을 찬 일직사관은
휴일 날 근무라고 투덜대면서
일직하사에게 잔소리를 늘어놓고
우리는 또 작업 집합과 운동 집합
운동 잘 하는 부대는
전투력도 강하고 사고도 안 난다면서
콜라 두 박스 걸어 놓았으니
몸 사리지 말고 깡으로 뛰라던 고참들
자기들 때는 안 그랬다면서
군기가 빠져서 날마다 지기만 한다고
훈련 나가면 두고 보자던 고참들
퉁퉁 부은 찐 라면으로 시작한 일요일 하루
운동도 하고 작업도 하고

종교활동 시간에는 깨끗한 전투복으로 갈아입고
잘 차려 입고 나온 간부들 가족을
부러운 눈으로 자꾸만 곁눈질하면서
꾸벅꾸벅 졸다가 스스로 놀라서 깨며
찐 라면처럼 지나가는 일요일 하루.

어디서 무엇이 되어

잘 있어라! 신병 훈련소야, 퉤퉤―
흙먼지 일으키며 선착순 뺑뺑이 돌던
아득한 연병장을 두 번 다시 밟을 날
이제는 생각조차 하기 싫지만
그래서 다들 이쪽에다 대곤
오줌도 안 눈다고 한 마디씩 뱉어대면서
따불 백 하나씩 메고서 제각기 떠나갔지만
청춘을 반납하고 만난 우리들
경상도 보리문딩이, 전라도 갯땅쇠
충청도 핫바지, 강원도 감자바우
서울 뺀질이들……
어디서 무엇이 되어 다시 만나랴
어디서 무엇이 되어 다시 떠나랴.

잠자리와 꽃상여

마알간 하늘 아래
푸르름이 짙어 가는 들녘
멀리 바다 건너서
잿빛 고추잠자리 한 대 날아 와
꼬리를 흔들며
몇 차례 선회하더니
이윽고 비상 착륙했다.

며칠 뒤
꽃상여 하나
산등성이 넘어
서녘 하늘 맞닿은 지평선으로
가고 있었다.

아버지의 담배 두 갑

그동안 몸 성히 잘 있었냐면서
먹는 건 좀 괜찮으냐면서
고생은 되지 않느냐면서
잘못해서 두들겨 맞진 않았냐면서
집안 얘기는 어물어물 꼬리를 감추더니
잘 있는 모습을 보았으니
네 문제는 이제 한숨 놨다면서
잘 있다가 제대할 때
취직자리까지 봐놨다가 나오라면서
한 번이라도 더 면회 오게 생기면
그때 다시 오겠다면서
그럼 제대할 때까지
몸 성히 잘 있으라면서
그리고 주는 대로 잘 먹으라면서
행여 고생이라고 생각하진 말라면서
두들겨 맞을 짓은 아예 하지도 말라면서
선임하사와 내무반장 갖다 주라고
건네주던 담배 두 갑
울 아버지의 담배 두 갑.

묘비명, 혹은 날아간 꿈에 관한 명상

장가는 갔을까
피 흘리며 쓰러져
먼 고향 하늘 한 번 쳐다보면서
백설기 같던 아내
젖 빨던 어린애를 떠올렸을까

저고리 소매로
눈물짓던 어머니,
그 바다 같은 사랑을 떠올렸을까

물고구마로 끼니 때우고
자치기놀이 하던 고샅길
고샅길의 저녁연기를 추억하며
젖가슴 몽실몽실한
동네 처녀애들을 생각했을까

포연砲煙에 실려
날아간 한 조각 꿈이라도
품고 있었을까

싸늘하게 식은 가슴
깊숙한 곳에…….

제3부
유월의 언어

전적비가 서 있는 마을

멀리서 보면
계딱지만한 다부동 마을
전술 훈련용
1 : 50,000 지도에 눈곱만하게 나오는 마을
그 마을 한가운데 덩그러니 서 있는
거대한 전적비
한 작은 마을에서
얼마나 성대한 피의 제전祭典을 치르고서
남아 있는 기념비인가!
가슴 서늘한 풍경의
전적비가 서 있는 마을.

휴전선 철조망

휴전선 철조망은
초록의 산봉우리를 자르고
아무런 생각도 없이 흘러가는
강물을 막아섰다
한바탕 바람도 지나고 보면
어둠처럼 아득한 시간
가을빛 비바람에 녹슬고
헝클어진 풀덤불 속에 파묻혀
뚝뚝 붉은 살점 피 흘리는
그리운 가슴 쥐어뜯으며
아린 생채기투성이로 썩고
더러는 썩어서 문드러지고
그래도 넓은 들은
노오란 민들레 벌판으로
끝없이 펼쳐져 있었다
다시 말라붙었던 강물이 흐르고
돌아앉은 산이 조금씩 숨을 돌리면
죽은 자도 하나 둘 살아오는
저물녘 어느 호젓한 산길에서라도

이따금씩 산을 욕하고 강을 나무라며
죄 없는 허리를 할퀴고도 싶었다.

김유신 장군에게

장군!
장군의 칼에 죽은 계백階伯의 이름으로
무도회가 열리고 있습니다
제 손으로 처자식을 베고서
전장에 나서야 했던 백제의 후손과
삼국통일 이룩한 신라의 후예
아니 북방을 말달리던 고구려 자손인 우리는
그 순한 얼굴빛이 닮았습니다
말소리도 한결 같습니다
다만 어머니만이 반세기 넘도록 요통에 신음하고
지금도 풀 욱은 조국의 산하에 엎드려 보면
조상들의 외침이 귀 울음으로 들려옵니다
돼놈들에게 끌려가던 누이의 눈물 섞인 울부짖음
왜놈들에게 윤간당한 할머니의 한숨소리……
로스케에게 짓밟히고, 코쟁이에게 들려가면서도
쓸개 핥으며, 쓸개 핥으며 쓴웃음만 짓던
우리 할아버지, 아버지
도무지 빨아도 빨아도 지워지지 않는 것은
꽃 넋으로 얼룩진 강토
형제간에 피 흘린 백의민족의 역사이어니.

장군! 어쩌자고⋯⋯
선화공주와 서동왕자는 어떻게 하라고
지나支那의 먹구름을 불러들였습니까
장군께서 만족스런 눈을 감은 지
천 년도 더 지난 지금에 와서
우리는 왜 또 염원하며 살아야 합니까
내가 먼저 쏘지 않으면
내가 먼저 죽는다는 차디찬 총구의 논리는
언제까지나 엄연한 진리여야 합니까
이 땅 삼천리강산 하얀 목화밭에서
무명옷 차려 입고 춤추던 사람들은
이제 피리 소리가 들려도
더 이상 춤추려 하지 않습니다.

아, 어머니는 조국
피멍 든 젖가슴의 상채기투성이는
버림받은 강토에 나뒹구는 증기기관차의 잔해
녹슬은 화통 속에 응어리진 채
아직 덜 삭은 외침의 기적 소리가
저쪽 산모퉁이에서 숨 가쁘게 들려오면

도도히 흐르는 미움의 강물에
피 묻은 총칼 던져 버리고
아직도 핏물 가시지 않은 남루 훨훨 벗어 던지고
뜨거운 핏줄의 강으로 우리 다같이
손에 손잡고서 힘차게 달려갑시다.

그날이 오면
나는 이 강산 어느 산기슭에서
넘쳐흐르는 감격의 눈물 흘리며
가슴 벅찬 희열을 노래 부를 것이니
그날이 오면
우리 모두 사물놀이에 맞추어 한바탕 춤사위를
덩실덩실 펼칩시다. 덩실덩실 덩실덩실 펼칩시다.

카인의 후예

지구상의
어떤 짐승도
평화平和를 이유로
인간이란 동물만큼
전쟁을 일삼은 적은
············
일찍이 없었다.

6 · 25와 개똥참외

60㎜ 박격포탄, 81㎜ 박격포탄
4. 2인치 박격포탄 분간할 수 없이
날아 와 터지고 또 날아 와 터지곤 하던
그 날의 노란 참외밭
지축을 뒤흔들고, 고막을 찢고
이마를 깨고, 살점을 뜯기 위해
서로 간에 던지고 던지던
그 날의 수류탄보다 더 큰 참외
주인이 몽둥이에 맞아 쓰러지는 걸 보고
놀란 개는 미쳐서 집을 나가고
감사한 듯 허기에 지친 헛바닥으로
핥아먹고 또 핥아먹던 개의 똥에서
노오란 참외 씨는 슬픔 같은
아니 기쁨 같은 싹을 세상 모르게 틔워내고
넝쿨은 넝쿨끼리 잘도 뻗어서
주먹밥 날라주다가 포탄 파편에 맞은 청년
절름발이 노인 되어 원두막을 지키고
날아와 터지고 또 날아와 터지곤 하던
수류탄, 박격포탄 그 파편 파편들
넓은 참외밭에 개똥처럼 널려 있다.

D데이의 융단 폭격

그 날, 하늘 가득했던 B -29 메뚜기 떼
땅 위의 풀포기조차
살아남지 못할 만큼 습격을 해 오던 날
산등성이 참호 속에서
강둑 언저리 교두보에서
살아남기 위해 목숨의 허리를 굽히고서
사방으로 튀는 죽음의 파편을 피하여
피투성이가 된 채 절규하며
수라계修羅界를 헤맬 무렵에도
저주받은 시각의 하늘에선
메뚜기 편대들 푸른 하늘을 시커멓게 덮고
목마른 생명의 풀잎 한 점 아랑 곳 없이
융단처럼 펼쳐지는 피의 공습을
배설물 쏟듯 퍼부었을까.

산목련

첩첩산중
사람 자취라곤 찾아 볼 수 없는 골짜기
교교한 달빛 아래 푸른 별무리들만
별보라로 무수히 쏟아지는 밤
가까이서 혹은 멀리서
소쩍새는 밤을 새워 울어대고
죽은 놈만 억울하다고 울어대고
전쟁 나간 뒤 돌아올 줄 모르는
무심한 사람 그리워
함께 고향 땅 가자고
입술 두터운 여인
소복단장한 채 서 있네.

G.O.P 풍경

녹슬은
군사분계선 철조망은
휴전선 잡초더미 속에 잠들어 있었다.

대전차용 콘크리트 방벽도
가로누워 쉬고 있었다.

키를 훨씬 넘는 철책도
이중 삼중으로 스크럼을 짠 채
우두커니 딴 생각을 하고 있었다.

우리들만이
찬란한 태양 아래서도
푸르른 별빛 아래서도
우리들만이 매서운 눈초리로
서로 바라보아야 했다.

이 산, 저 산
능선마다 계곡마다

썩어빠진 소총자루, 탄띠 조각
녹슬은 철모, 수통들……

땔감을 마련하려고
도끼질을 해도
도끼날이 망가지고
그날의 파편이 나왔다.

상추나 고추를 심기 위해
조금만 땅을 파헤쳐도,

여기저기서
그날의 해골과 뼈다귀가 나오고
울부짖음이 들려왔다.

임진강에서

임진강은
분단 우표 속에 그려진 풍경
조상 대대로 강변에서 살아 온 사람들과
전쟁이 끝나면 서둘러 고향 땅으로 돌아가려다
끝끝내 돌아가지 못하고 주저앉은 사람들과
멀리 집을 떠나 온 젊은 우리들과
개구리밥 또는 민들레 솜털처럼 날아온
술집 작부酌婦들이
휴전선 철조망을 핑계 삼아
농사도 짓고, 물고기도 잡고
젓가락 장단에 맞춰
상다리도 두들기면서
변함없이 흐르는 강물에
눈길을 던진다.

겨누던 총구 앞에선

총부리를 들이대자
숨어 있던 목숨은
덤불에서 나왔다.
두 손을 들고서

총구 앞에
허울 좋은 이념은
두 손을 들고 투항해 왔다.
아주 초조한 눈빛으로

겨누던 총구 앞에선
정의도, 자유도, 이념도
목숨도 눈물도
허기를 면하게 하는 한 줌의 주먹밥도

노래하지 않고는
목메어 눈물 나게 노래하지 않고는
………………

목숨일 수 없다.

주검은 알고 있다

주검은 알고 있다
포성은 멈추고 비명은 그쳤으나
아직 이 땅에 먹구름이 감돌고
겨누던 총구를 돌리지 않은 채
먼 후일에나 있을 역사의 심판은
항상 아득하게 누워 모른 채 하는
그 날의 전선에서 사라져 간
오래 전 피 흘린 역사의 저주받은 기억을
오래도록 기억하고 있다.

주검은 알고 있다
태초에 한 하늘이 열리고 땅이 열리고
그 세월에 씻겨 간 하도 서러운 이야기를
울음이 복받쳐 땅을 치다가 까무러친 이야기를
땅속 깊은 곳에 잠들어서도 묻히기를 거부하며
생때같던 젊음이 뒹굴고, 철모가 뒹굴고
수통이 뒹굴고, 따발총과 M1소총이 뒹굴던
능선과 능선, 골짜기와 골짜기, 산기슭을
그리고 노래하던 산새와 흘러가던 계곡 물소리

봄가을 할 것 없이 온 산천 흐드러지게 피어나던
개나리, 철쭉, 진달래, 아카시아, 나리꽃과
그 꽃잎들에 머물던 하얀 나비, 노랑나비의
끊임없는 날갯짓을 주검은 잘 알고 있다.

그리하여 눈물겨운 넋은 다시 진혼가로 달래주고
고개 수그린 채 먼 산과 하늘을 바라보며
피맺힌 생채기투성이 가슴을 여미고
홀로 부르는 비감 어린 노래를
주검은 알고 있는 것이다.

그 해 유월의 언어

　신의 저주를 받은 계절, 피 흘린 계절, 짓밟힌 계절, 참담했던 계절, 신음의 계절, 오열의 계절, 비탄의 계절, 태양도 차마 얼굴을 가리던 계절, 후텁지근한 계절, 찬연한 빛을 잃은 계절, 잿빛 하늘의 계절, 하늘도 땅도 무심했던 계절, 죽창에 찔려 죽던 계절, 기총소사 피해 옥수수 밭으로 숨던 계절, 인민군 따라 다니며 뜨끈뜨끈한 탄피로 목걸이 만들어 놀던 계절, 수류탄 두들기며 놀다 폭사한 계절, 우물 속에 돌로 쳐 죽이던 계절, 창고에 가둬 놓고 불태우며 총질하던 계절, 삽살개 미쳐 집 나가던 계절, 형제간에 피 흘린 계절, 줄초상 나던 계절, 형의 총에 맞아 죽던 계절, 동생의 밀고로 잡혀 죽던 계절, 남편 죽고 자식 죽던 계절, 머슴에게 배반당하던 계절, 훈장에 눈멀었던 계절, 빨간 완장 차고 우쭐댔던 계절, 손가락 하나로 사람 죽이던 계절, 슬슬 남의 눈 피해 다니던 계절, 폭격 피해 불 끄고 살던 계절, 말 못하고 숨죽이며 대밭 속에 숨어살던 계절, 인민군에 부역한 죄로 국군에게 총살당하던 계절, 집을 두고 산에서 숨어살던 계절, 검정 고무신 질질 끌며 피난 가던 계절, 강물에 검붉은 피 흐르던 계절, 발 동동 구르면서 땅을 치던 계절, 숨죽이며 공개처형을 지켜보던 계절, 썩은 시체 땅에 묻고 돌아오던 계절, 너무나 지루했던 계절, 다시는 오지 말아야 할 계절, 버리고 싶은 몹쓸 계절!

다시 유월의 언어

　삼천리강산에 비통이 젖어 흐르는 달, 청춘을 불사른 백골들의 원혼이 구천을 떠도는 달, 계절의 축복이 더 이상 축복이 아닌 달, 그 날의 포성소리 귀울음으로 살아오는 달, 남으로 밀려오던 탱크의 캐터필러 소리 귀에 쟁쟁히 들려오는 달, 휘발유병 하나 들고 꽃처럼 산화해 갔던 용사의 외침이 되살아오는 달, 동작동 국립묘지에서, 대전 제2국립묘지에서 전국 각지의 군경묘지에서, 이름 없는 계곡과 능선에서, 망월동 묘지에서 자식의 묘비를 얼싸안고 백발노모가, 얼굴도 모르는 자식이 볼을 부비며 오열하는 달, 숱하디 숱한 젊음들의 피 흘린 역사로 가득한 달, 그 청춘들의 피 흘린 부토腐土를 무감각한 발로 디디고 사는 달.

　말로만 추도하는 달, 말로만 애국하는 달, 입으로만 자유를 부르짖고, 정의를 부르짖고, 입으로만 민주를 외치는 달, 주둥이로만 호국보훈을 외치고 주둥이로만 통일을 외치는 달, 목청만 애드벌룬처럼 드높은 달, 짜증나게 후텁지근한 달, 시원한 맥주집 장사만 잘 되는 달, 지하 룸살롱 에어컨 틀어놓고 양주 쏟아 부으며 잡놈들 잡년질에 여름밤 깊어 가는 줄 모르는 달, 어차피 지나가면 잊히는 달, 원통한 영혼들이 구천을 떠돌며 두 눈 부릅뜨고 지켜보는 달, 그래도 죽은 놈만 억울한 달, 아무리 생각해도 죽은 놈만 억울한 달, 그 덕분에 우리들만 살아남은 달.

민들레와 훈장

빛나는 훈장은
한 포기 민들레였다
들의 봄을 맞아
쑥부쟁이 질긴 생명력으로 돋아나고
강둑 언덕에 목숨의 방아쇠 걸머쥐고
미친 듯이 달려 가다가
기총소사機銃掃射 맞아 쓰러진 병사의
뜨겁게 박동치던 심장의 피와 탱탱하던 살갗
들판 바람결에 실어 보내고
한 줌 뼈도 남기지 않고 실어 보내고
깨어진 철모 속 녹 슬은 반구半球의 하늘
고향으로 여기고 뿌리를 내려 샛노란 반짝임으로
눈부심을 더해 가는 민들레 한 포기
더러는 하늘 향해 활짝 품을 벌려 보다가
더러는 입을 삐죽이 내밀고 있는 듯도 하고
자랑스럽다, 휘황찬란한 민들레
뜨거운 피 흘리며 싸늘히 식어가던
목숨에 비친 빛의 프리즘
너, 빛나는 훈장아.

제4부

검은 밤에 총을 닦고

매 복

기다려도 밥은 오지 않았다
이따금씩 날아오는 이상 유무 확인신호만이
정해진 시각마다 무전기에서 울릴 뿐
재수 없는 우리들의 식사는 배달되지 않았다.

몰래 숨겨온 건빵을 먹다가
졸음에 겨워 끄덕끄덕 졸면서도
무엇이든 나타나기만 하면
한바탕 누르고, 던지고, 당기기 위해
목숨을 감추고서 웅크리고 있는 우리는
그렇다, 크레모아 · 조명지뢰 · 수류탄들……

판초우의를 뒤집어 쓴 채
여름은 여름대로 달려드는 모기떼와 풀벌레와
졸음과 싸우며 이슬을 피하고
겨울은 겨울대로 눈 속에 파묻혀
몸이 얼어붙는 추위와 싸워야 했다.

여름에도 밤에는 체온이 영하가 되고
겨울에도 밤에는 가슴에서 열이 나는

캄캄한 산에서 밤이 새도록 기다렸다
검은 총부리는 누군가의 목숨을 겨냥한 채로
이토록 간절하게 누군가를 기다려 본 적은
이제껏 단 한 번도 없었으면서…….

갈대숲의 노을

갈대밭에 노을이 물들고
땅거미가 슬려와 하늘거리는 갈꽃에 앉으면
언제나처럼 땀에 젖은 전투복 차림으로
수색정찰조들은 어김없이 돌아온다.
오후의 작전에서 돌아온 병사들은
무거운 방탄조끼를 벗으며
자세를 낮추고 귀를 쫑긋 세워
총부리를 들이대던 그 풀덤불 속에서
겁에 질려 뛰쳐나오던 고라니
세상모른 채 익어가는 까만 머루알 같은
고라니의 눈망울을 떠올릴까
아니면, 돌부리에 걸려있던
세월에 녹슨 철모의 주인을 생각할까
강둑 언덕에 석양이 내리고
고추잠자리 떼 하나 둘 어디론가 사라지면
바람결에 흩어지는 갈꽃 한 잎에도
가슴엔 알 수 없는 그리움이 일고
붉게 타는 노을만 바라보아도
눈망울엔 고향의 정경이 밀물져 왔다.

팀 스피리트 훈련

어둠을 틈타서
은밀히 상륙한 백인병사와 흑인병사가
왁자지껄 츄잉껌을 씹으면서
마을과 마을을 지나간다.

멀리
바다 건너 불러 들여서
그 옛날 신라가 고구려 치듯이
그렇게 반도를 통일시키려 해놓고는
또 어쩌고저쩌고……
역사엔 그렇게 기록할 셈인가.

해방된 조국을 두 동강 낸 것은
우리가 아니다.

두 동강 난 산하에서
싸움질하는 건
우리가 아니다.

어둠을 틈타서
몰래 상륙한 흑인병사와 백인병사의

군화 발자국 소리
....
반도를 지나가고 있다.

지금 이 시각에도

우리가 변방에서 초병이 되어
별빛 내리는 밤마다
경계근무에 임하고 있는 지금 이 시각에도
공화국의 수도에서는
지하철이 쉬지 않고 달릴 것이고
뉴스는 전파를 타고 흩어질 것이다
빌딩 한쪽에선 신문을 편집할 것이고
밤 새워 특집을 준비할 것이다
더러는 혁명과 시위를 모의하기도 하고
더러는 회담과 선언을 준비하기도 하고
더러는 신화를 고쳐 쓸 것이다
우리가 변방에서 초병이 되어
어둠 속 별빛 같은 눈동자로 경계하고 있는
지금 이 시각에도.

야간 초소에서

몰래 감추어 간 담배를 한 개비 건네주며
고참이 물었다

고향에
학력에
사랑, 꿈, 그리고
애인 소식도
……

그리곤 묻지도 않았는데
자기 이야기를 늘어놓았다

소총 손잡이 속에 불빛 감추고
몰래 담배 피우는 법도 거기서 배웠다

까만 눈동자만 별처럼 빛나던
민들레 벌판의 야간초소에서.

사격장 풀잎

풀잎은 떨고 있었다
조준선 정렬을 통하여
정조준한 표적은
저만치서 웃고 있는데
풀잎은 떨고 있었다
수천 톤의 햇살을 쏟아 붓는 하늘
지나가는 바람결에도
숨을 멈추고 가슴 조이는 순간
식지 않는 총열의 몸으로
방아쇠에 손가락을 건 순간에도
풀잎은 떨고 있었다.

오성산 포대

포신에 반사되는 햇살에선
살기가 번뜩였다
음모가 꿈틀거리는 아가리와
녹음으로 위장한 진지
빗나간 사랑을 퍼부으려는 순간도
태양은 축복으로 빛나고 있었다
무엇이 산과 산을 곤두서게 하고
눈초리와 눈초리를 매섭게 만드는가!
무엇이 한 목숨, 한 몸뚱아리를
벼랑으로 몰아세우는가
한낱 허물에 불과한 누더길랑
태초의 알몸 되어 벗어 던지자
그리곤 미움이 사랑으로 녹아 흐르는
뜨거운 핏줄의 강으로 가자, 가자.

불침번이 되어

모두들 피곤한 하루를 모포 속에 잠재우고
취침등마저 졸고 있는 시각
내무반 저 편에선 드르렁거리며
누군가 코 고는 소리만 들려오고
홀로 이 밤 고단하게 누워 잠자는 얼굴들의
불침번이 되어 불그레한 취침등 아래서
이쪽저쪽을 서성거리며 거닐면서
5와트 취침등에 비친 내무반 얼굴들의
시무룩한 모습들을 바라본다
한낮의 생때같던 병사들도
밤의 여신에겐 모두 다 항복해 버리고
그 꿈속의 플랫폼에선
다시 고향으로 가는 기차를 타는지
누군가 잠꼬대로 작별 인사를 한다.

목숨의 축성築城

허리춤의 야전삽을 펴들고
마구 삽질을 해댄다
단 하나뿐인
목숨의 키를 숨길만한 구덩이를 파기 위해
정신없이 삽질을 해야
살아남을 수 있는 생존법

땅속 깊이 파면 팔수록 삽날에 채이는
아직도 덜 삭은 목소리
주툇빛 울음을 보았다
살아남기 위한 이 구덩이에
내 주검을 묻고 다시 먼 후일
나의 아들이 내 목소리를 파낸다면
나는 또 어떤 모습으로 변명해야 할까

묻어 버리고 싶다
통 채로 묻어 버리고 싶다
내 목숨이 쫓겨 숨어들지도 모를 구덩이에
서로 겨누던 총부리와 총부리를

부지런한 삽질로 묻어 버리고
다시 견고한 성城 하나 쌓고 싶다.

뜻밖의 순간

군악대의 연주가
사단 사령부 연병장에 울려 퍼지자
콧날이 시큰해 오고 눈시울이 뜨거워졌다
가슴은 감전된 듯 했고
태양은 더욱 더 밝게 빛났으며
연병장 주위의 포플러 이파리들은
더욱 찰랑찰랑 반짝거렸다
그 소리에선 일개 졸병을
나폴레옹 같은 영웅으로 만들어 주는
마법의 힘, 뮤즈의 힘이 샘솟아
눈물 나는 순간을 아름답게 하고
아름다운 순간을 눈물 나게 할 줄이야……

잠든 산 잠든 하늘

오늘도 하루의 일과가 끝나고
잠든 것은 우리가 아니다
희미한 후레쉬 불빛 아래
꼬질대에 수입포를 끼워
총구 내부를 손질하면서
거기 죽음을 부르는
화약 냄새도 닦아내고
취침나팔 소리를 들으면서
우리가 잠들기도 전에 벌써 잠든
산을 바라보며 텐트 속을 정리하고서
서둘러 자리에 눕는다
화약 연기에 찌들은 몸에서 나는 냄새도
다 닦아내지 못하고서
하루하루가 이렇게 넘어 가고
잠든 하늘 저 켠에서는 풀벌레 소리만
간간히 들려오는데
총대를 곁에 놓고 모두가 죽은 듯 잠든 밤에
어느 누가 또 총을 닦는가.

강물의 프리즘

카인의 후예들이 있음으로 인해 저주받은 별의 몹쓸 역사는 비롯되었다. 창과 방패가 싸워야 했던 전쟁은 말 그대로 모순矛盾의 역사, 신이 영웅을 창조할 때 살과 피를 내어 준 것은 실수였다. 끝없는 얼룩투성이 깃발에 휘감겨 흉흉하게 흐르는 강물에 휩쓸려갔던 부유물이거나 한 점 낙엽 같은 인간들은 어디로 갔을까.

정치와 이념, 종교와 철학이 무엇인지…… 그 밖의 인간 삶의 모든 것들이 무엇인지도 모른 채 서로 목숨의 방아쇠 걸머쥐고 시커먼 총구를 겨누며 먹구름의 공포에 그 얼마나 많은 사람들이 가슴 졸여 왔던가.

강물은 흐르고 있었다. 술렁이며 쉬임없이 흐르고 있었다. 그 유역에는 우리가 사랑하는 모든 것들이 함께 흐르고 있었다. 음악, 시詩, 종교, 사랑, 그리움이 꽃잎들과 함께 빛을 발하며 흐르고 있었고, 바람, 노을, 추억 등이 물비늘에 반짝이며 찬연한 빛깔로 흐르고 있었다.

우리가 만나서

우리는 만나야 한다
우리가 반만년 뿌리내린 나무의
푸른 수액樹液으로 만나서
줄기와 가지가 되어 뻗쳐오르고
한 하늘을 머리에 이고서 살아가기 위하여
우리는 피톨로 만나야 한다
가까운 산자락엔 어둠이 깃들고
풀벌레 낮은 음音으로 울음 우는 밤
어디서 조국의 이름으로
우리들의 부끄럼을 묻는다면
청춘의 갓 스물 이랑을 넘어서
휴전선 철조망을 사이에 두고
더욱 높아만 가는 벽壁을 바라보며
서로 경계를 늦추지 않는 지금
자랑처럼 가슴에 붙은 계급장은 떼어버리고
줄기로 숨차게 길어 올려 찬란히 뿜어내는
잎새들이 되고 가지가 되어
새 생명의 수액으로 만나고 싶다
뿌리로 만나서 살고 싶다

저 철조망 너머 캄캄한 음모陰謀와도 같이
가로누운 먹빛 산과 하찮은 강을 건너
따뜻한 햇볕과 맑은 물
그리고 자유로운 바람이 일고 있는 곳에서
수액이 되어 피톨이 되어
우리는 만나야 한다.

계급이 계급에게

계급이 계급에게 경례한다
계급이 계급에게 명령한다
계급이 계급에게 복종한다
계급이 계급에게 열병한다
계급이 계급에게 분열한다
계급이 계급에게 충성한다
계급이 계급에게 교육한다
계급이 계급에게 세뇌한다
계급이 계급에게 혁명한다
계급이 계급에게 맹세한다
계급이 계급에게 점호한다
계급이 계급에게 감시한다
계급이 계급에게 검문한다
계급이 계급에게 구타한다
계급이 계급에게 '받들어 총'한다

오, 계급은 깡패.

반 소위의 바이올린

가을밤이면 B.O.Q 앞뜰에서
곧잘 바이올린을 켜는 반 소위
가을엔
가을 하늘보다 곱고 맑은 소리를 내는
반 소위의 바이올린
폐부 깊숙이 스며드는 바이올린 선율에
풀잎은 풀잎끼리
별빛은 별빛끼리
서로 살을 부비는 가을밤
우리도 매끄럽고 멋진 활이 되어
청춘을 부비는 연주를 시작한다.

제5부
눈 쌓인 고지에서

빗속의 식사

장대비 마구 퍼붓는 속에
선 채로 저녁 식사를 한다
비는 그칠 줄 모른 채 내리고
먹어도 먹어도
국물은 줄어들지 않았다
어느 선배 전우가 쓰다가 물려 준
철모 끝에서
뚝뚝 빗방울이 떨어진다
국물이 튄다. 눈시울이 뜨겁다

저기 산 아래 마을에선
저녁 짓는 굴뚝 연기가
낮게 피어오르고 있고
고향에 계신 어머니도
지금쯤 저녁밥을 짓고 계실까
호주머니를 뒤져 나온 편지에
숟가락을 닦는다.

비무장지대 노루

날짐승과 길짐승들은
태초의 낙원을 만난 듯
바람, 구름과 무리 지어 뛰놀고
이따금씩 들려오는
산 꿩의 푸드덕, 푸드덕―
날갯짓 소리는
낮잠에 취한 산 속의 정적을
깨트린다
어쩌다 물가에 내려 와
물 한 모금 마시고
먼 하늘을 바라보며
슬픈 전설을 떠올리던
노루 한 마리
그 노루의 순한 눈망울 따라
나도 먼 하늘을 바라보다가
그만 노을빛에 잠긴다.

계절은 바뀌어도

겨울 가고
봄이 오면
꽃소식이 하루하루
산등성이를 향해 웃으며 북상하고

여름 지나
가을 오면
붉은 단풍의 손길들이
줄달음치듯
자꾸만 남녘으로 내려갔다

계절이 바뀌어도
그대로인 것은
남南과 북北,
그리고
병사들뿐이었다.

설경

눈 쌓인 고지에서
겨우살이 식량과 함께
모닥불 같은 그리움을 비축해 놓고 살며
한 점 수묵화처럼 펼쳐진
설산을 바라본다.

하룻밤을 자고 나면
눈은 거짓말처럼 내려서 또 쌓이고
다리가 푹푹 빠지는 순찰로는
흔적조차 슬그머니 감춰버린다.

페치카 주전자에선
물 끓는 소리가 연신 들려오고
갖가지 산열매로 담근 약술이
회식 날을 꿈꾸며 익어 가는데……

창밖엔
또 다시 함박눈이 내리고
대설경보 속에

귀향의 날은 멀기만 하고
통일의 날은 점점 아득하게만 느껴졌다.

식당 앞에서

일찌감치 줄을 선 병사들은
부지런히 숟가락과 입을 놀리고 있고
옆구리에 식판을 끼고서 줄지어 선 채
오늘도 쇠고깃국이 나온다면서
누군가 차림표를 보면서 이야기한다
한 쪽에선 또 소가 발목만 담그고 갔을 거라며
빈정거렸고, 누군가는 잘만 하면
갈비도 뜯을 수 있을 거라며 군침을 삼켰다
배식구 안으로 들여다보이는 취사장에선
비축창고에서 5년씩이나 잠자다온다는 정부미의
푸근한 밥 냄새가 이쪽으로 진동해온다
그 정부미 냄새를 맡으며 뒤쪽 열에서
누군가 이야기하는 소리가 들렸다. 돼지는
잔칫날 잡아먹기 위해 키우는 것이라고.

가을밤 단상

기러기 떼 높이 날아서
먼 하늘을 가고 있다

우린 높은 포복 낮은 포복으로
조국을 향해 가고 있는가

길 없는 공중
기러기는 두 날개만으로도 훨훨 나는데

칠흑 같은 산 속
우리는 총銃을 들고도 문득 놀랜다

오늘도
하루 해를 목에 걸고서

나침반도 총도 없는
기러기 떼 천 리를 날아 간다

피곤한 군화 발자국 소리
밤 새워 조국을 가고 있다.

족구를 하면서

손과 발이 바뀐 것이 어디 이것뿐이랴
사내들끼리 모여 살아가는 이곳에선
때론 발이 손 역할을 하기도 하고
때론 손이 발 역할을 하기도 하는
그러다간 발이 줄곧 손 노릇을 해야 하는
그리고 손은 가만히 있어야 하는
난생처음 군대 와서 해 보는 이 경기에
우리는 몇 푼 안 되는 월급에도
곧잘 PX의 음료수와 빵을 걸었다
두 편으로 갈라진 조국은
그냥 한쪽에 내버려 둔 채.

대리 편지

스스로 책가방 끈이 짧다는 고참에게
머리통을 쥐어 박히면서 대신 써주던 편지
한편으론 귀찮기도 하고
한편으론 우습고 재미있는 일이기도 하고
대충 뭐라고 씨부렁대며
사랑타령을 늘어놓으면서도
잘 좀 고쳐서 써 달라고 부탁하는
그 고참의 짝사랑에게
나는 말하고 싶었다
지금 이 사람은
수류탄 같은 사랑을 가슴에 품고 있다고…

아름다운 공상

그리하여 어느 날
예쁜 인민군 여전사와 눈이 맞아
풀숲에 소총은 던져 버리고
단둘이서만 알고 있는 수풀로 도망쳐
달콤한 입술을 빨고
알몸으로 사랑을 부빈 다음
비무장지대 푸른 숲 속에
그림 같은 통나무집을 짓고
착한 아들 딸 낳아
반세기 동안 잠자던
미확인 지뢰지대는 불 질러 화전火田 일구고
숨겨둔 핵폭탄은 바다에 던져 버리고
그 기름진 땅에서
순진한 화전민 부부가 되어
평강 공주와 바보 온달처럼
오순도순 살아 보는 것.

한딱가리

저녁 식사 후 군기가 빠졌다고
식당 뒤편이나 창고 옆에 집합해서
죄 없는 내 군번은 머리를 박고 구르며
엎어져서 흙투성이 되어야 했다
군대생활 잘 못하면 사회 나가서도 낙오자가 된다고
갖은 공갈을 치며 으름장을 놓는
내 군번보다 몇 자리 앞선 선임은
사고가 나지 않고 부대가 잘 돌아가기 위해선
그래야 하는 것이라고 담배를 건네며 달래기도 했다
눈만 끔벅거릴 수밖에 없는 우리는
땀을 뻘뻘 흘리며 가쁜 숨을 몰아쉬면서도
막둥이처럼 대답 하나만큼은 씩씩하게 잘 했다
군대에선 거시기로 밤을 까라고 해도
까라면 까는 것이라면서 병 주고 약 주고
그럴 때면 의례 담배 한 모금씩 피워 물 수 있는
여유도 주곤 하던 악다구니질 속에서도
고참들이 기차바퀴는 네모나게 생겼다고 해도
막둥이처럼 씩씩하게 대답 소리 하나만큼은
천둥소리와 같이 우렁찼다.

북녘 전사에게

내가 들고 있는 미제 M16 소총도
네가 들고 있는 쏘제 AK 소총도

내가 입고 있는 국군 복장도
네가 입고 있는 인민군 복장도

날 때부터 정해진 것은 아니었다
태어날 때부터 결정된 것은 아니었다

우리가 누구를 위해 싸우고
누구를 위해 죽을 것인가

우리가 무엇을 위해 싸우고
무엇을 위해 죽을 것인가

지금도 이 강산
어느 골짜기, 이름 모를 능선에선

피 흘리며 쓰러져 간 억울한 주검들이
원통하게 썩고 있는데……

민통선 처녀

민통선 처녀를 보면
사랑을 하고 싶어진다

철조망 밖 넓은 바깥세상으로
시집가서 살고 싶어하는

그들의 작은 소망 하나쯤
사랑하고 싶어진다

분단 조국에 태어난 죄로
고향집 떠나 강원도 철원 땅에서

단오절 이도령 춘향이 본 듯
참한 색시 하나 사랑하고 싶어진다.

우리들의 통일

돈 있고 빽 있는 자들
그들은 그들대로 모여서
타협도 양보도 없는
통일을 이야기 하다가 헤어지고
이름 없는 들풀은 들풀들끼리
비무장지대 숲속의 나무는 나무들끼리
막힌 강물은 강물들끼리
둘로 갈라진 하늘은 하늘끼리
별 볼일 없는 쫄병은 쫄병들끼리
우리들의 통일을 이야기하자!
백두산 진달래는 한라산 철쭉과 함께
끼리끼리 끼리끼리
더러는 양보도 하고 타협도 하면서
끼리끼리 끼리끼리
더러는 쉬엄쉬엄 노래도 하면서.

장기를 두다가

졸병에게는
죽고 사는 것이 문제가 아니다
정말로 분하고 억울한 것은
뒤로 물러서지도 못하고
전진만 전진만 계속하다가
장기판에서 사라져야 하는 운명
그럴싸한 작전상 후퇴 한 번 해 보지 못하고
장기놀이에서 사라져야 한다는 점이다
다시 장기를 두면서
한漢나라 초礎나라 청홍 16짝의 싸움에서
사방 한 자 반 싸움터를
종횡으로 누벼 보지도 못하고
장기판에서 내려가야 하는
졸병들의 처지를 생각해 본다
이리 피하고 저리 피하고
장군을 막아내지 못하고도
장기판에 혀를 박고 죽기는커녕
멍군을 외치며 도피행각을 벌이는 궁宮 앞에서
하나 둘 사라져 가는 졸병들의 주검 위에
꽃 한 송이도 바치지 마라.

<u>작품 해설</u>

종소리처럼 젖어오는 젊은 날의 독백

오 봉 옥

(시인, 『문학의 오늘』편집인)

시와 삶이 일치하는 경우가 드물지만 전재승은 예외다. 전재승은 그의 시세계만큼 명료하고 순수하다. 난 그를 볼 때마다 천생 시인이라는 생각을 한다. 조용하고, 따뜻하고, 깊고, 외롭고, 맑다. 난 과거 그의 시를 심심치 않게 들었던 적이 있다. 그의 시가 한국통신 KT의 캠페인 광고에 채택되어 라디오에서 흘러나오는 것이다.

가을엔
시를 쓰고 싶다

낡은 만년필에서 흘러나오는
잉크빛보다 진하게
사랑의 오색 밀어들을 수놓으며

너를 위하여
한 잔의 따뜻한 커피 같은 시를

밤새도록 쓰고 싶다

―「가을시 겨울사랑」 중에서

　그는 정말이지 '한 잔의 따뜻한 커피 같은 시를 밤새도록' 쓸 수 있는 사람이다. 그는 오래된 골동품 같은 이미지를 가지고 있다. 너무도 조용해서 눈에 잘 띄질 않지만 한번 마주치면 쉽게 고개를 돌리지 못하게 만드는 마력을 지니고 있다. 타자에 대한 배려 의식이 몸에 배어 자신의 의견을 피력하기보다 남의 의견부터 듣고자 한다. 개인주의, 이기주의가 만연한 이 사회에서 아직도 그는 자기 자신보다도 타자를 먼저 배려하며 사는 것이다. 남의 의견을 들은 뒤 그는 아주 조심스럽게 입을 여는데 말 한 마디 한 마디가 신중하다.

　그런 그가 이번엔 군대이야기를 다룬 시집을 내겠다고 한다. 나에게 군대는 인간소외의 극점으로 존재한다. 군대란 '인간'이 존재하는 곳이 아니라 계급이 존재하는 곳이다. 이름은 온데간데없이 사라지고 단지 계급으로만 불리어지는 곳, 그 구조와 기능이 극단적일 정도로 정형화와 표준화를 추구하고 있어 모두가 균일한 상품이 되는 곳, 생활양식이 이미 정해져 있어 그 허용 범위를 절대 벗어날 수 없는 곳, 오로지 명령에 복종해야 하는 곳, 그래서 국방부의 시계만 쳐다보며 제대 날짜만 기다려야 하는 곳이다. 그래서 나는 '남자는 군에 다녀와야 철 든다'라는 말을 억지라고 생각한다. 그냥 어쩔 수없이 가야하는 곳이 군대라고 생각하는 것이다. 군대에 가는 사람들에게 흔히들 '어차피 군대란 극복하지 못할 곳이니 차라리 즐겨라'고 하는데 그 또한 억지에 가까운

말이라고 생각한다. 보다 솔직하게 말해서 '바꾸기 어려운 상황이
니까 견딜 수밖에 없다'고 해야 사리에 맞다. 그래서인지 여자들
이 제일 싫어하는 이야기가 군대이야기라는 말에 고개를 끄덕이
곤 한다.

그러니 전재승 시인이 군대이야기를 연작의 형태로 썼다며 발
문을 부탁했을 때 고개를 갸우뚱하지 않을 수 없었다. 더구나 그
가 ROTC 장교출신이라니 믿기지가 않았다. 군대는 다른 사회조
직에 비해 그 구성원의 임무와 일상생활을 훨씬 더 완전하게 장악
해야 하는 공동체사회이기 때문에 장교의 생활은 일반 사병의 생
활보다 엄격하고, 관료적일 수밖에 없을 터였다. 그토록 조용하
고, 차분하고, 따뜻한 사람이 명령에 의해 죽고 사는 군대조직의
장교였다니 믿기지가 않는 것이었다. 그의 이미지는 역시 지금의
직업인 국어 선생님, 시인 등에 가깝지 오로지 위계질서의 원칙에
의해 움직이는 군인의 이미지는 아닌 것이었다. 아니나 다를까 그
의 시 도처에는 분단된 조국의 처절한 현실이 놓여있고, 징집된
사람들을 향한 연민의 시선이 가득했다.

　　　땔감을 마련하려고
　　　도끼질을 해도
　　　도끼날이 망가지고
　　　그날의 파편이 나왔다.

　　　상추나 고추를 심기 위해
　　　조금만 땅을 파헤쳐도,

여기저기서
그날의 해골과 뼈다귀가 나오고
울부짖음이 들려왔다.

－「G.O.P 풍경」 중에서

　분단 조국의 상흔은 '상추나 고추를 심기 위해 조금만 땅을 파헤쳐도' 여기저기서 '해골과 뼈다귀'로 드러난다. 어디 그 뿐인가. 시인은 '넓은 참외밭에 개똥처럼 널려 있는' 참외를 보면서도 '수류탄, 박격포탄 그 파편 파편들'을 떠올리고, '진달래 철쭉 흐드러지게 피어나는' 산천에서 '연대본부 유류고 석축 작업'을 하는 자신의 신세를 돌아본다. '더덕구이'가 놓인 '저녁식탁' 앞에서 '더덕'을 캐다가 그만 지뢰를 밟은 동료를 떠올리고, '잿빛 고추잠자리'처럼 꼬리를 흔들며 추락한 비행기 한 대를 떠올리기도 한다. 그의 연민의 시선은 또 '잠꼬대로 작별 인사'를 하는 동료, '밤마다 제 가슴에 쌓여만 가는 눈더미는 치우지도 못한 채 잠이 든' 동료, '대리 편지'를 부탁하는 '고참', 자신의 신세를 '돼지는 잔칫날 잡아먹기 위해 키우는 것'이라고 한탄조로 말하는 병사를 바라본다. 나아가 그 연민의 시선은 자기 자신을 향하면서 '빨랫줄에 널린 채 펄럭이는 빨래를 감시하며 내가 묶인다'거나 '하나 둘 사라져 가는 졸병들의 주검 위에 꽃 한 송이도 바치지 마라'는 뛰어난 진술로 드러나기도 한다. 이와 같이 이 시집에서 '연민'은 단연 돋보이는 주제이다.

민통선 처녀를 보면
사랑을 하고 싶어진다

철조망 밖 넓은 바깥세상으로
시집가서 살고 싶어하는

그들의 작은 소망 하나쯤
사랑하고 싶어진다.

－「민통선 처녀」 중에서

　민통선 안의 처녀를 따뜻한 시선으로 바라보고 있다. 민통선 안에서 소외받은 채 살아가는 처녀와 똑같은 분단의 피해자로서의 군인의 운명을 애잔하면서도 간절한 어조로 전달하고 있는 것이다. 특히 '그들의 작은 소망 하나쯤 사랑하고 싶어진다'는 대목은 따뜻함의 차원을 넘어 서늘한 뜨거움을 안겨주는 것 같다. 분단 조국의 현실을 상기하는 서늘함과 어느새 그 대상과의 합일화를 이루는 것에서 오는 뜨거움이 동시에 교차되어 드러나는 것이 그것이다. 이 연민의 시선은 민통선 안에서 살아가는 모든 존재들로 확대된다.

우리에게 있어서 그녀는
애인 같았다
누이 같았다
어머니 같았다
아니, 성녀(聖女) 같았다.

우리들의 피 끓는 정열과 값싼 청춘을
짐짓 이해해 주는 척 하기도 하고
질경질경 껌을 씹으며
욕지거리도 연신 잘 해댔다.

하지만 만질 수 있는 여자는
꽃보다 소중한 사람.

그녀의 젖가슴을
화약 냄새나는 손길로
서툴게 더듬으면서
모처럼 우리는 무정부주의자가 되었다.
—「창녀와 무정부주의」 전문

　이 시집의 대표작이기도 한 이 시는 소외된 자들의 생명력 넘치는 세계가 잘 펼쳐져 있다. '창녀'는 화자에게 '누이' 같고 '어머니' 같은 존재로서 위로도 해주고 제 가슴을 맡기기도 한다. 그런 '창녀'의 '젖가슴'이기에 '화약 냄새'가 나는 손길로 더듬으면서 죄의식을 느끼고, 역으로 '창녀'는 '화약 냄새 나는 손길'로 더듬는 자신을 말없이 받아주는 그런 존재이기에 '성녀'로 느껴지기까지 하는 것이다. 이 시는 한 대상을 연민의 차원으로 바라보는 낮은 차원, 그 직접성의 낮은 차원을 넘어서기 위해 '창녀'의 이미지를 다변화시키고 있음에 주목할 필요가 있다. '질경질경 껌을 씹으며 욕지거리'를 해대는 모습은 영락없이 밑바닥 '창녀'의 이미지, '우리들의 피 끓는 정열과 값싼 청춘을 짐짓 이해해 주는 척'하는 모습은 '애인' 또는 '누이'의 이미지, 자신의 '젖가슴'을 화약내 나는

사람들에게까지 맡기는 모습은 '어머니' 또는 '성녀'의 이미지라고
할 수 있다. 그런 승화된 이미지를 바탕으로 나온 진술이 '만질 수
있는 여자는 꽃보다 소중한 사람'이다. 사실 이 대목은 지극히 일
상적인 어법이라고 할 수 있다. 그러나 그런 승화된 이미지를 바탕
으로 나온 진술이기에 이 순간 가장 아름다운 문장이 되는 것이다.
　우리가 전재승을 보면서 주목할만한 점은 연민의 시선 이외에
도 그의 맑은 시심에서 나옴직한 순수성의 세계이다. 그가 그려내
는 순수성의 세계는 늘 현실 밖이 아닌 현실 속에서 드러난다.

　　　날짐승과 길짐승들은
　　　태초의 낙원을 만난 듯
　　　바람, 구름과 무리 지어 뛰놀고
　　　이따금씩 들려오는
　　　산 꿩의 푸드덕, 푸드덕―
　　　날갯짓 소리는
　　　낮잠에 취한 산 속의 정적을
　　　깨트린다
　　　어쩌다 물가에 내려 와
　　　물 한 모금 마시고
　　　먼 하늘을 바라보며
　　　슬픈 전설을 떠올리던
　　　노루 한 마리
　　　그 노루의 순한 눈망울 따라
　　　나도 먼 하늘을 바라보다가
　　　그만 노을빛에 잠긴다.
　　　　　　　　　　　　―「비무장지대 노루」 전문

작품해설 ― 종소리처럼 젖어오는 젊은 날의 독백　127

비무장지대는 온갖 생태계가 자연 그대로 보존되어 있는 곳이다. '길짐승들과 날짐승들'이 마치 '태초의 낙원을 만난 듯' 뛰어놀 수 있는 곳이다. 하지만 '태초의 낙원'인 듯한 이 비무장지대는 '산 꿩'의 날갯짓 소리에도 숨을 죽여야 하는 긴장감어린 곳이기도 하다. 이 시에서의 화자는 비무장지대를 정찰하는 수색대원이다. 수색중인 화자의 눈에는 '태초의 낙원'에서 노는 듯한 지극히 평화로운 날짐승, 길짐승들도 포착되지만 '산 속의 정적'을 한 순간에 깨트리는 '산 꿩' 역시 반사적으로 포착된다. 그 포착되는 순간엔 이미 대상을 향해 총부리를 겨누고 있는 상태인지도 모른다. '산 꿩'이 '날갯짓 소리'를 낸 것은 수색대원들의 은밀한 움직임을 포착했기 때문이다. 짐승들이 예민하기 때문에 화자보다도 먼저 느끼는 것은 당연한 일이다. 이 시는 '산 꿩'의 날갯짓 소리에도 예민하게 반응할 수밖에 없는 비무장지대의 긴장감어린 현실과 '태초의 낙원'에서 놀고 있는 듯한 지극히 평화로운 모습이 대비되어 드러난다. 이 시는 읽는 이로 하여금 상상의 세계로 접어들 것을 요구한다. '노루 한 마리'가 기억하고 있는 '슬픈 전설'이 그것이다. 노천명의 '사슴'이 고고하고 높은 족속으로서의 '전설'을 가지고 있다면 여기서의 '노루'는 지극히 현실에서 나옴직한 '슬픈 전설'을 가지고 있다. '비무장지대'의 현실을 감안한다면 '노루'의 '족속'들은 지뢰를 밟거나 수색대원들의 총에 맞아 죽었는지도 모른다. 그래서 혼자 남아 '물 한 모금' 마시고 '먼 하늘'을 쳐다보는 것인지도 모른다. 이러한 해석이 자연스럽다고 할 수 있는 것은 이 작품의 무대가 '비무장지대'인 점, '노루'의 이야기가 '산 속의 정적'을 깨트리는 '산 꿩'의 형상에 이어서 곧 바로 나오는 점 때문이다. '물 한 모금 마시고 먼 하늘'을 바라보는 '노루'를 노천명의 '사슴'처럼 고귀한 족속으로 해석을 해도 무리는 없다. 살얼음판 같은 비무장지대 안에서 살아가는 '노루'의 처지는 바로 분단 조국의 현실 속에서 수색대원으로 살아가야 하는 화자의 처지와 맞물릴 수밖에 없기 때문이고, 그런 점에서 둘은 동시에 현실세계와 상반되는 '먼 하늘'을 동경할 수밖에 없기 때문이다. 「비무장지대 노루」는 분단으로 인한 공포와 피해는 인간에게 뿐 아니라 자연에도 그대로 나타난다는 점을 형상적으로 제시한 작품이다. 또한 비무장지대의 긴장 속에서도 시인의 감성은 그 어떤 서정의 세계, 평화의 세계를 향하고 있음을 확인할 수 있는 작품이다. 이 서정의 세계는 현실 속에서 다양하게 변주되어 드러난다.

가을밤이면 B.O.Q 앞뜰에서
곧잘 바이올린을 켜는 반 소위
가을엔
가을 하늘보다 곱고 맑은 소리를 내는
반 소위의 바이올린
폐부 깊숙이 스며드는 바이올린 선율에
풀잎은 풀잎끼리
별빛은 별빛끼리
서로 살을 부비는 가을밤
우리도 매끄럽고 멋진 활이 되어
청춘을 부비는 연주를 시작한다
― 「반 소위의 바이올린」 전문

‘반소위’가 정말 ‘B.O.Q 앞뜰’에서 바이올린을 켰는지 안 켰는지는 의미가 없다. 문제는 그런 ‘반소위’를 주목하고 있는 화자의 시선이다. 이 시선 속에는 규정하기 쉽지 않은 어떤 외로움과 그리움이 가득 차 있다. 이와 같이 그가 토해내고 있는 서정의 결집으로서의 형상은 무거운 현실이 밀어 올리는 맑고 투명한 것들이다. 화자가 투영되어 있는 이 맑고 투명한 것들은 외롭고 그리워서 ‘폐부 깊숙이’ 스며들게 되고 ‘살’을 부비게 된다. 그리하여 ‘풀잎’과 ‘청춘’, ‘별빛’과 ‘청춘’, 그리고 ‘매끄럽고 멋진 활’과 ‘청춘’의 이미지는 서로 맞물리면서 ‘가을밤’의 하모니를 이룬다. 이 시는 ‘바이올린’의 선율만큼 부드럽게 읽혀진다. 어느 한 지점 막히는 곳이 없다. 그의 형식미를 살펴보기 위해서는 가령 다음과 같은 시를 통해서도 확인할 수 있다.

임진강은
분단 우표 속에 그려진 풍경
조상 대대로 강변에서 살아 온 사람들과
전쟁이 끝나면 서둘러 고향 땅으로 돌아가려다
끝끝내 돌아가지 못하고 주저앉은 사람들과
멀리 집을 떠나 온 젊은 우리들과
개구리밥 또는 민들레 솜털처럼 날아온
술집 작부들이
휴전선 철조망을 핑계 삼아
농사도 짓고, 물고기도 잡고
젓가락 장단에 맞춰
상다리도 두들기면서
변함없이 흐르는 강물에

눈길을 던진다.

–「임진강에서」 전문

　우리에게 익숙한 민요조 형식인 이 시는 일상적인 언어의 적절한 구사를 통하여 분단에 얽힌 생활공동체를 잘 묘사하고 있다. 이 곳엔 조상 대대로 강변에서 살아 온 사람들, 고향 땅으로 돌아가려다 그만 주저앉은 사람들, 군인들을 대상으로 술장사를 하는 술집 작부들이 모여 있다. 이들은 농사도 짓고, 물고기도 잡고, 상다리도 두들기면서 하루하루를 살아간다. 이 쓸쓸한 풍경은 분단 조국의 상처를 여과 없이 드러낸다. 이러한 시의 흐름은 세련된 비유와 모호한 문법을 구사하는 최근 시 경향에 비추어 곤혹스럽기까지 한 단순성과 진지함을 내장하고 있다. 하지만 우리가 주목해야 할 점은 이 단순성과 진지함 뒤에 감추어진 시의 내면 공간이다. '조상 대대로 강변에서 살아 온 사람들'은 외지에서 온 이들을 어떻게 바라볼까. 북쪽 고향을 지척에 두고 살아가는 사람들은 또 조상 대대로 강변에서 살아가는 사람들과 술집 작부들을 어떤 시선으로 바라볼 것인가. 마찬가지로 군인을 상대로 술장사를 하는 술집 작부들은 같은 생활공동체에 얽혀 사는 그들을 또 어떻게 바라볼 것인가. 이 시는 그들이 어떤 정서를 지니고 있고, 그들 삶의 구체는 또 어떠한 지를 말해주지 않는다. 이 시는 그런 문면 이하의 것을 모두 독자에게 맡긴다. 그러니 그 문면 이하, 시의 속내, 속내의 그 내밀한 떨림은 독자들이 모두 읽어내야 할 몫이 된다. 젓가락 장단을 두들기다가 흐르는 강물을 쳐다볼 술집 작부의 마음결을 스스로 만져보아야 하고, 하루 일을 마치고 잠시 고향 하늘을 쳐다볼 그 늙은 농부의 마음결을 스스로 펼쳐보아야 한다. 화자는 다만 '변함없이 흐르는 강물에 눈길'을 던지는 그들 모두를 따뜻한 시선으로 바라볼 뿐이다.

　전재승의 시집『휴전선 철조망』은 군대이야기이되 군대이야기가 아니다. 분단 조국의 상흔을 어루만지고 있고, 분단 조국을 살아가는 사람들의 소외된 삶과 애환을 따뜻한 시선으로 그려내고 있다. 소외된 자들을 향한 그의 연민의 시선과 순수성에 대한 동경의 시선을 따라가다 보면 우리들의 가슴은 어느새 종소리처럼 젖어든다. 그의 시는 또한 노래다. 읽다보면 어느새 선율을 떠올리게 한다. 그 선율 사이로 외로움과 그리움을 안고 몸부림치는 젊은 날의 형상이 잔잔하게 펼쳐진다. 그의 시는 노래적 요소가 강한 시이기에 불가피하게 절제미와 여백의 미를 자랑한다. 이 절제미와 여백의 미가 오히려 더 많은 형상들을 생생하게 불러온다는 점에서 긍정적으로 평가된다. 다만 아쉬운 것은 그의 시 거개가 다 전통적 서정에 머물러 있다는 점이다. 지니고 있는 틀을 과감하게 깨트려보기도 했으면 하는 바람이다.

∴ 전 재 승 田宰承

全北 순창 태생으로 군산에서 성장
明知大 대학원 문예창작 전공 졸업
1986년『詩文學』추천으로 데뷔
제 9회『문학과 의식』신인상 수상
ROTC 장교로 군복무 후 東亞女高 교사로 근무
『문학사계』편집위원, 한국미래문학연구원 감사
『국어』및『진로와 직업』교과서 검토위원
동국대 · 동덕여대 입학전형 자문위원, CBS문화센터 강사
『文學과 비평』편집장을 거쳐 편집인 역임
현재 한국문인협회, 한국현대시인협회, 한국시문학문인회,
한국현대문예비평학회, 한국녹색문인회 회원
한국과학창의재단 진로컨설턴트
한국가곡작사가협회, 미당문학회 이사

시집『가을詩 겨울사랑』『푸른 시절의 노래』
공저『손에 잡히는 교과서 문학』
E-mail : abtel@unitel.co.kr

휴전선 철조망

| 초판 1쇄 인쇄일 | 2015년 6월 8일 |
| 초판 1쇄 발행일 | 2015년 6월 15일 |

지은이	전재승
펴낸이	정진이
편집장	김효은
편집 · 디자인	김진솔 우정민 박재원
마케팅	정찬용 정구형
영업관리	한선희 이선건
책임편집	우정민
표지디자인	박재원
인쇄처	월드문화사
펴낸곳	국학자료원 새미(주)

등록일 2005 03 15 제25100-2005-000008호
서울특별시 강동구 성안로 13 (성내동, 현영빌딩 2층)
Tel 442-4623 Fax 6499-3082
www.kookhak.co.kr
kookhak2001@hanmail.net

| ISBN | 979-11-86478-28-8 *03810 |
| 가격 | 9,000원 |